LA

SALICICULTURE

ET

LA VANNERIE

A BUSSIÈRES-LES-BELMONT

PAR M. BRIFFAUT, CURÉ.

LANGRES

JULES DALLET, LIBRAIRE-ÉDITEUR

1873

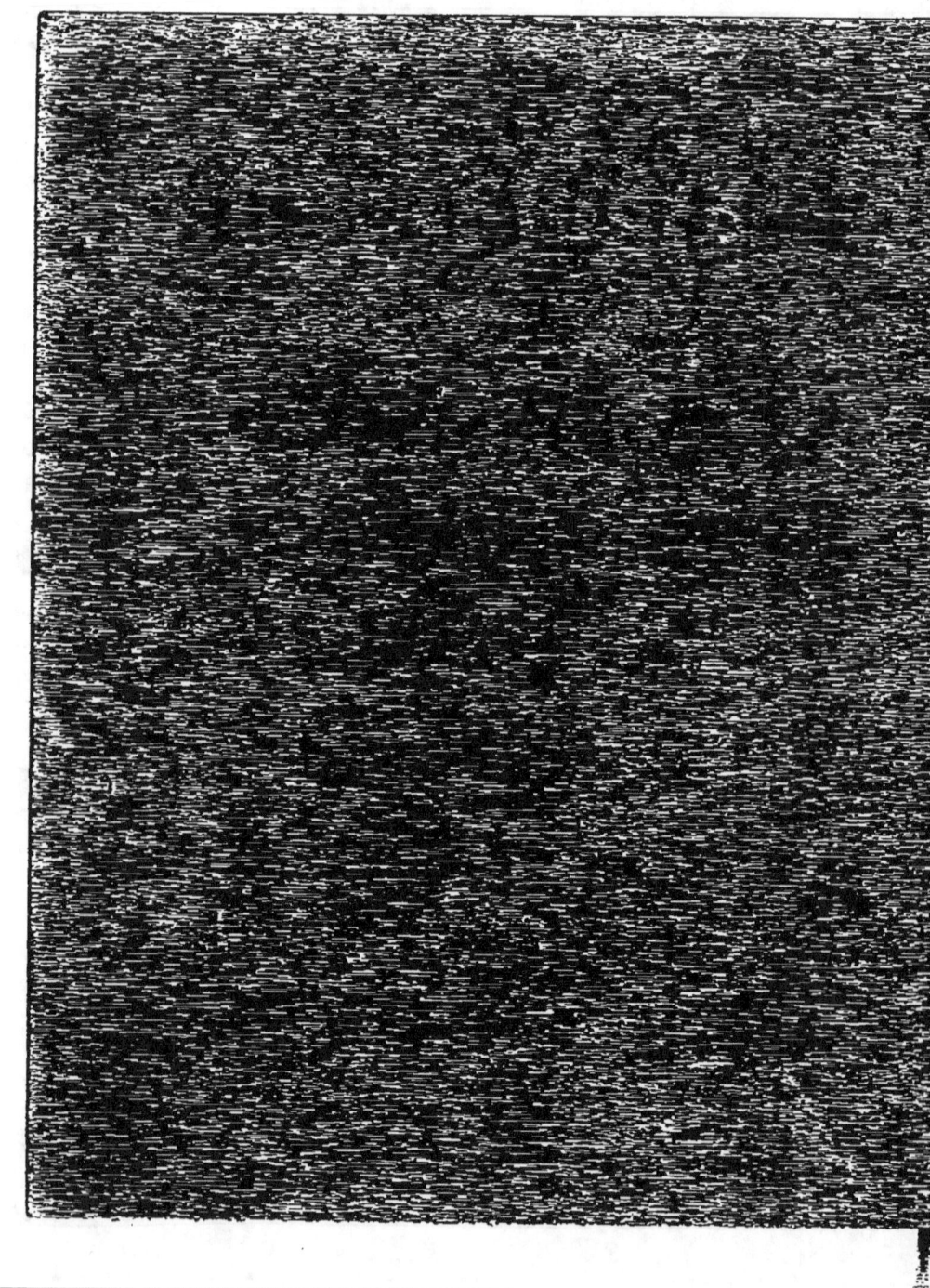

LA
SALICICULTURE

ET

LA VANNERIE

A BUSSIÈRES-LES-BELMONT

Par M. BRIFFAUT, Curé.

LANGRES.

JULES DALLET, LIBRAIRE-ÉDITEUR

1873

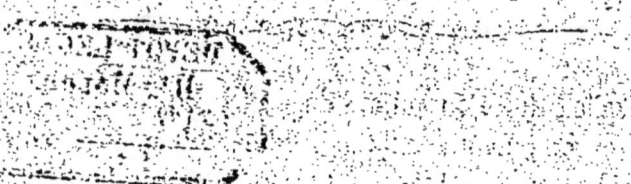

LA SALICICULTURE

ET LA VANNERIE

A BUSSIÈRES-LES-BELMONT.

La vannerie de Bussières-les-Belmont, occupant une place parmi les produits qui figurent à l'Exposition, nous croyons être agréables au public en lui mettant sous les yeux quelques détails sur cette industrie, inconnue dans un grand nombre de localités. Nous parlerons d'abord de la préparation des matériaux et ensuite de leur emploi. Conséquemment tout ce que nous avons à dire se rangera sous ces deux titres : 1° la Saliciculture; 2° la Vannerie.

I. — LA SALICICULTURE.

La saliciculture ou culture du saule, *salicis cultura*, remonte à une haute antiquité. Pline, Columelle, Virgile, Ovide, Varron, Tite-Live, Catulle, Cicéron, Strabon, Plaute, Vitruve et tous les anciens géoponiques en parlent dans leurs ouvrages.

Parmi les auteurs modernes, Charles-Estienne et Liébault (Maison rustique du XVI° siècle), Olivier de Serre, Bosc

(Dictionnaire d'agriculture), Dubreuil (Traité d'arboriculture), Loiseleur-Deslongchamps (Maison rustique du XIX⁰ siècle), ont plutôt effleuré qu'approfondi cette étude.

De nos jours, Koltz a publié un *Guide pratique de la culture du saule*, Louis Gossin, un *Traité spécial sur les osiers*, et Moirier, un *Traité pratique de la culture de l'osier*. Ces trois brochures ont leur mérite respectif; nous les avons lues avec un vif intérêt.

A Bussières-les-Belmont, la saliciculture a commencé vers la fin du XVIII⁰ siècle. La famille Blanchard a fait la première plantation au lieu dit *Volavril*. Dans ces derniers temps, la population s'y est beaucoup appliquée. Aujourd'hui le saule destiné à la vannerie couvre quatre-vingts hectares. On l'appelle osier, du grec *oisua*, et la plantation se nomme oseraie.

1. — Formation d'une oseraie.

TERRAIN. — Ordinairement c'est dans les terres d'alluvion, dans les vallées, au bord des ruisseaux, dans les prés même médiocres et les marais assainis que l'on plante l'osier. Cet arbuste aime l'humidité. Il se plaît aussi dans les terres végétales. Il veut un sol profond, d'une certaine consistance, riche en humus. On n'a pas l'habitude de lui donner de l'engrais : il n'a que celui qui résulte de la chute de ses propres feuilles. Mais il est particulièrement vigoureux sur un terrain bien entretenu et bien fumé depuis longtemps. Il supporte les inondations, du moment que l'eau n'est pas stagnante et se renouvelle. Une irrigation temporaire lui est utile et active sa croissance. Il convient que les plantations soient parfaitement découvertes ; car l'ombre et les racines des arbres, surtout du peuplier, nuisent singulièrement à l'osier.

CULTURE. — La préparation du terrain se fait au moyen de la bêche ou de la charrue. D'après le premier système, encore en usage, l'ameublissement est plus complet ; d'après le second, nouvellement employé, il est plus économique.

Avant ou pendant l'hiver, on opère un défoncement à deux fers de bêche, trente centimètres environ, ou bien on passe deux fois la charrue, jusqu'à une profondeur totale de vingt centimètres, de manière que le gazon soit enfoui au fond de la jauge ou de la raie, et la terre de dessous ramenée à la surface sans qu'il reste de vide intérieur.

Ce travail a le triple but d'étouffer par enfouissement les mauvaises herbes, de permettre à l'osier de chercher très-avant la fraîcheur et de favoriser l'ascension de cette même fraîcheur. On creuse ensuite les fossés et rigoles convenables et on aplanit la terre, afin de fermer tous les interstices. On se sert pour cela de la bêche et de la herse ; le rouleau n'est pas employé.

ESPÈCES D'OSIER. — Les noms des différentes espèces d'osier ne sont pas les mêmes partout, et la qualité varie suivant la nature du terrain. Peu de moelle, fibre serrée, jets effilés, sans ramification, grande ténacité lors de la torsion, tels sont les caractères du bon osier. A Bussières-les-Belmont il s'appelle rouge pâle, gros rouge, rouge sang-de-bœuf, pêcher, braine, noir, gris, jaune, vert. Les deux premiers étant reconnus les meilleurs, on n'en plante plus d'autre. C'est donc l'osier rouge qui réussit le mieux chez nous.

PLANTATION. — Le saule peut se reproduire par semis ; toutefois la bouture est le seul mode de multiplication adopté. Le plant-bouture doit avoir le bois sain, l'écorce lisse, ni tachée ni ridée, et être choisi parmi les pousses de l'année. Plus il est gros, plus il a de vigueur. On le coupe très-net, en biseau, de la longueur de vingt centimètres.

On plante en lignes et en carré ; la forme en quinconce n'est pas en usage, pourtant elle est avantageuse.

Le tracé se fait au piquet, à l'aide d'un cordeau sur lequel on marque les distances au moyen de nœuds, de chevilles ou de fil bleu ou rouge. Quand à l'espacement, il est, entre les lignes, de vingt centimètres, et, entre les sujets de quinze centimètres. En rapprochant les pieds, nous obtenons des brins plus fins et plus élancés ; d'un autre côté, la terre, plus vite couverte, au printemps, par le feuillage, est moins disposée à s'infester de mauvaises herbes.

Nous plantons, ordinairement en mars, rez de terre, c'est-à-dire que les boutures ne dépassent pas le niveau du sol. Si celui-ci est bien ameubli, on fiche les plans par la seule force du poignet ou du pied. Dans le cas contraire, on a recours au plantoir en fer avec poignée, d'un diamètre à-peu-près égal à celui des brins. Le plantoir Koltz, ressemblant à un foret de charpentier, n'est pas usité dans notre pays.

Le nombre des boutures à employer se calcule, dit Koltz, en multipliant la distance des plants par l'espacement réciproque des lignes et en divisant la contenance totale par le produit.

2. — Entretien d'une Oseraie.

Les plantations souffrent surtout de l'invasion des herbes, dont la croissance est d'ordinaire activée par le milieu où l'on cultive le saule. Pour les tenir en bon état, il est indispensable de procéder à des binages et à des sarclages.

BINAGE. — La première et la deuxième année, vers la fin de mai, on bine la terre, c'est-à-dire qu'on lui donne une seconde façon. Il nous semble qu'il y aurait avantage à recommencer cette opération avant le mois d'août, pour que l'osier pût profiter des derniers sucs séveux.

SARCLAGE. — Il consiste à enlever les herbes nuisibles en les arrachant à la main ou en les coupant au moyen d'une faucille. La plupart de ces herbes servent à la nourriture du bétail. Dans les oseraies bien garnies et en pleine vigueur, il suffit quelquefois de les casser simplement pour comprimer toute végétation parasite. Le sarclage doit se faire par un temps sec, dès que les mauvaises plantes apparaissent. Attendez quelques jours, l'ouvrage est triple, un peu plus tard décuplé; bientôt après, le nettoyage complet devient impossible.

AUTRES SOINS. — Quand l'osier est coupé, il est bon de râcler avec un rateau de fer les herbes qui peuvent rester. Avant que les pousses commencent à poindre, on fait pâturer l'oseraie par les moutons, pour le tassement régulier du sol et la destruction des mauvaises herbes, qui, pincées très-court par ces animaux, sont ensuite plus faciles à détruire lors du sarclage. En toute autre saison, il faut une garde assidue contre le bétail. Tous les ans, après la coupe, il est utile de creuser les fossés d'assainissement.

DURÉE. — La durée des oseraies dépend de la nature du sol, du mode de traitement et des soins qu'on leur donne. Dans les conditions les plus favorables, on a un produit soutenu jusqu'à l'âge de cinquante ans. Nous en possédons qui ont soixante, soixante-dix, même quatre-vingts ans et plus, et qui ne manquent pas d'une certaine vigueur.

3. — Accidents.

Les oseraies sont exposées à plusieurs accidents, savoir:

Gelée. — Elle détruit les rejets et retarde la végétation. Il en résulte quelquefois que le pied des brins reste courbé et que la cime devient branchue. —

Grêle. — Elle blesse les brins et les rend cassants aux endroits contusionnés. Par suite, il perdent beaucoup de leur valeur.

Plantes. — Les plus nuisibles sont les joncs, les roseaux, surtout le houblon et le liseron, qui s'enroulent autour des tiges, les forcent à se courber et empêchent leur développement normal. Il faut les casser au pied, sans essayer de les détacher.

Au temps de Pline, les jeunes pousses du houblon des saussaies servaient à faire de la salade. Aujourd'hui, on les mange comme des asperges dans quelques pays.

Insectes. — En été, plusieurs insectes coléoptères et autres, connus chez nous sous le nom vulgaire de maréchaux, écrivains, vers gris, pucerons, piquent, percent, dévorent les feuilles et quelquefois la tige de l'osier, ou déterminent sur celles-là des excroissances rondes et ovales de la grosseur d'un petit haricot. Par suite de la piqûre de certaines larves, les jets, au lieu de filer droit, se ramifient et se couronnent.

Du plâtre jeté à la volée, le soir, deux ou trois fois par un temps calme, détruit les pucerons. S'ils sont en trop grande quantité, on secoue, le matin avant le lever du soleil, dans une corbeille évasée, la cime des plantes où ils se tiennent.

COUPS DE FEU. — Le plomb des chasseurs blesse l'osier plus grièvement que ne le fait la grêle. Il importe d'autant plus d'y avoir l'œil, que les oseraies sont une des meilleures retraites à gibier.

COUPS DE SOLEIL. — Lorsque, par suite d'une inondation, l'eau est stagnante et reflète les rayons d'un soleil ardent, les brins sont en quelque sorte brûlés par la chaleur. Comme nous l'avons dit, s'il y a irrigation, il faut que l'eau ne tarde pas à s'écouler.

4 — Coupe.

L'opinion que les jeunes plantations ne pouvaient et ne devaient être taillées qu'après deux ans, a été longtemps admise. Aujourd'hui, l'expérience prouve qu'il ne faut pas attendre plus d'une année ; car elles gagnent à être exploitées.

Tant que la souche n'a pas été recépée, elle n'est ni forte ni solidement établie.

Les mois de février ou de mars, où les grands froids sont passés et où la sève est en repos, voilà le moment le plus favorable pour la coupe. La première fois qu'on exécute cette opération, il faut craindre d'ébranler ou de déchirer les sujets encore faibles, et profiter des jours où la terre est gelée. Annuellement cette coupe se renouvelle, toujours sur le jeune bois, et aussi près que possible de la surface du sol. On emploie la serpette bien affilée. L'osier est mis en javelles, puis en bottes grossières pour être transporté à dos d'hommes à proximité des chemins. Alors des voitures le conduisent au village.

En 1873, Bussières a récolté vingt mille bottes dans ses quatre-vingts hectares de plantations, soit deux cent-cinquante bottes par hectare, ou deux bottes et demie par are.

8. — Epluchement.

Pour éplucher l'osier, on se place dans des granges ou, si la saison le permet, devant les maisons, dans la rue. Les bottes sont déliées; chaque brin est, selon qu'il y a lieu, ébranché à la serpette, effeuillé, nettoyé, trié. Les femmes et les enfants font très-bien ce travail; ils sont assis, et disposent, à côté d'eux, plusieurs tas de brins de diverses longueurs. Quelquefois aussi, pour assortir suivant sa taille le petit osier sans branches, on le met debout dans un fût défoncé et on extrait à la main les rameaux de même grandeur. Ensuite on le bottèle une seconde fois.

C'est à tort que certains propriétaires omettent l'épluchement. Cette opération éloigne toute cause de fermentation, rend l'écorçage plus facile, et la marchandise plus convenable.

6. — Mouillage.

Le mouillage consiste à placer le pied des bottes dans l'eau sur une profondeur de quatre ou cinq centimètres, afin d'amener la sève et de faciliter l'enlèvement de l'écorce. Les fosses doivent être préalablement nettoyées. Il importe que le niveau de l'eau ne puisse varier d'une manière excessive. On choisit de préférence une eau douce, courante, aérée. La mise en sève est très-lente et quelquefois nulle dans les eaux crues et froides. Quand le mouvement de la sève, d'abord favorisé par une température chaude, se trouve ensuite arrêté par un retour de froid, les pores se resserrent et l'écorce est plus adhérente. Il faut donc de la chaleur. Alors la végétation marche ; les cimes se couvrent de feuilles, et les pieds de racines. On ne retire les bottes de l'eau qu'à mesure qu'on veut les blanchir, et on a soin de laver la base pour enlever la bourbe qui y est attachée.

7. — Pelage.

Vers la mi-avril, les boutons de l'osier commencent à s'ouvrir. Alors on procède au blanchîment par le pelage.

Ce travail, ordinairement fait par des femmes et des enfants, s'appelle dans le langage vulgaire *cirer*, *cirement*, et l'outil dont on se sert, *ciroir*.

Dans le principe, le *ciroir* ou peloir était simplement un morceau de bois, ayant une circonférence de dix et une longueur de soixante-dix centimètres. Sa partie supérieure était fendue en quatre quartiers, dont les deux opposés étaient enlevés et dont les deux restants présentaient dans l'axe du bâton deux arêtes vives et tranchantes. Mais ces arêtes s'usaient fort vite; il fallait souvent les réparer au moyen d'une serpe. On imagina d'y adapter une petite feuille de fer blanc.

L'ouvrier, assis sur une chaise basse, ayant à côté de lui une botte déliée, pose sur le sol la base du peloir, dans la fente duquel il engage une certaine longueur du gros bout d'un brin, en serrant légèrement le peloir de la main gauche, et en tirant à lui de gauche à droite, de manière que l'écorce se fende. Il reprend ensuite l'osier par le gros bout et insère le petit dans la fente. Alors l'écorce se détache jusqu'à la cime du jet. S'il a besoin de ses deux mains pour séparer la pelure du brin, il appuie le ciroir contre sa jambe gauche, et continue ainsi son travail. Cette manière d'opérer est encore en usage, surtout pour les brins fins et délicats. Mais la main gauche est singulièrement fatiguée.

En 1865, nous avons fait confectionner un nouveau peloir. C'est une barre de fer ronde, pliée par le milieu et dont les

canique à ce genre de travail. Alors l'écorçage, qui dure environ trois mois, pourrait être exécuté dans un temps beaucoup moins long. Certaines personnes qui en font leur gagne-pain s'en trouveraient contrariées. Mais il y aurait grand profit pour l'instruction et la moralité ; car les enfants ne quitteraient plus prématurément l'école pour *cirer*.

8. Bottelage.

A mesure que l'opération du pelage s'effectue, on dresse les brins au soleil, le long des murs ou sur des perches, afin d'obtenir une dessication prompte et complète. De là dépend le degré de blancheur. Par un beau temps quatre à cinq heures suffisent. Alors on s'occupe du bottelage pour lequel on n'emploie ni maillet ni chevalet.

L'ouvrier prend une hart composée de l'écorce de plusieurs brins, la couche à terre et place dessus quelques brassées d'osier, exactement comme s'il s'agissait de façonner une gerbe de blé. Chacune de ses mains saisit une extrémité du lien ; il serre en s'aidant de ses genoux, roule ensemble les deux bouts de la hart, qu'il tord et arrête, puis il dresse la botte et la frappe contre terre, afin d'en égaliser la base. Pour empêcher cette première hart de remonter, il la bride à une hauteur de cinq centimètres au moyen d'un sous-pied. Il place ensuite une seconde hart aux deux tiers de la hauteur pour l'osier ordinaire, une troisième et une quatrième s'il s'agit du long. Mieux l'osier est lié, plus il est facile à loger et à transporter. Ce travail ne peut être fait avec trop de soin. Il se paie quinze centimes par bottes, dont la circonférence est généralement de 1 mètre 20.

Les bottes sont amoncelées dans des greniers, sous de bons toits, à l'abri de l'humidité. Alors elles se conservent pendant plusieurs années sans détérioration, à moins que les rongeurs ne s'y établissent et ne les attaquent plutôt pour y trouver des retraites que pour s'en nourrir. Mais quelques dérangements de loin en loin suffiraient à les chasser.

9. Emploi de l'écorce.

De prime abord les écorces du saule paraissent indignes de fixer l'attention. Jusqu'à présent on en a laissé perdre une grande partie; le reste n'était guère utilisé que comme combustible, comme engrais et comme liens. Il y a cependant encore d'autres manières de les employer au profit de l'agriculture et de l'industrie. Indiquons ici brièvement les divers usages qu'on en peut faire.

ALIMENTATION. — Les pelures vertes, hachées, données par petites rations fournissent une excellente nourriture pour toute espèce de bétail. Les vaches qui en mangent procurent un beurre très-jaune et de qualité supérieure.

Remède. — On peut extraire de ces écorces la salicine, principe amer, substance fébrifuge, employée en médecine. Au besoin elles remplaceraient le quinquina. En vétérinaire, on s'en sert pour prévenir ou guérir la cachexie des bêtes ovines.

Liens. — On en fait des cordes plus ou moins grosses, des liens de toute sorte pour les espaliers, les treilles, les jardins, les vignes, les bottes d'osier, mais surtout pour les gerbes. On les noue par le petit bout et on les tord de la même manière que les liens de paille, puis on les mouille quand on veut les employer. Si on en a soin, ils peuvent servir deux ou trois ans. Jusqu'alors on en expédiait annuellement plus de cent mille dans la Haute-Marne et les départements voisins. Cette année, on en a confectionné une quantité plus considérable que précédemment. Ils se vendent 1 fr. 25 à 1 fr. 50 le cent. Les agriculteurs, auxquels la matière et le temps manquent souvent pour faire des liens, sont heureux d'en trouver à ce prix.

Nattes. — Plusieurs personnes ont l'habitude de couvrir le pavé ou le plancher des appartements de tissus de jonc ou de paille. Les écorces d'osier bien nattées sont préférables sous plusieurs rapports. Elles forment de solides tapis qui durent fort longtemps. Rien n'empêche qu'on en fabrique pour le commerce. Elles sont aussi utilisées quelquefois pour rempailler les chaises.

COMBUSTIBLE. — Mises en torches et séchées au soleil, elles sont employées pour allumer le feu, chauffer le four, faire la lessive, cuire les aliments. Nous ne savons si la cendre qui en résulte a des propriétés particulières.

ENGRAIS. — Livrées en litière au bétail ou entassées dans des endroits humides, ces pelures font un fumier d'une certaine valeur pour quelques terres, trop chaud et trop amer pour d'autres. On dit qu'il produit un bon effet dans les terres fortes; il les ameublit et en rend la culture plus facile. On en fait aussi un excellent terreau pour le jardinage.

TORCHIS. — On appelle ainsi un mortier composé de terre grasse et de paille hachée, qu'on emploie dans les constructions, notamment pour les plafonds. Or la paille peut être remplacée par l'écorce d'osier. On en a fait l'expérience.

PAPIER. — Cette matière serait, croyons-nous, avantageusement utilisée pour la fabrication du papier.

TEINTURE. — Enfin, on pourrait s'en servir en teinturerie, etc.

10. — Vente et Exportation.

L'osier est une marchandise dont le prix varie beaucoup.

Plus le commerce général est actif, plus il faut de matériaux à emballage, et dès lors plus l'osier est cher. Il y a
quelque temps, on fendait en trois les brins pourvus de leur
écorce, et on les conduisait en poignées aux tonneliers de
la Bourgogne. On exporte de l'osier vert et surtout de
l'osier blanc. Celui-ci ne se vend plus à la botte, mais au
poids. Les bottes moyennes pèsent 14 à 15 kilos. Avant la
dernière invasion, les 100 kilos étaient payés 45 francs ;
maintenant ils n'en valent que 35. On expédie environ
moitié du produit total dans le midi de la France, en Suisse,
en Angleterre, en Afrique et en Amérique.

II. — LA VANNERIE

La vannerie, terme générique désignant la fabrication des ouvrages d'osier, tire son nom du mot *van*, en latin *vannus*, et ceux qui s'adonnent à cette sorte de travail s'appellent vanniers. Le van est un instrument d'osier, à deux anses, courbé en rond par derrière, et dont le creux diminue insensiblement sur le devant, ce qui lui donne la forme d'une coquille. Il sert ordinairement à séparer le grain de la paille et à le nettoyer.

Cette industrie est fort ancienne. Elle était connue chez les peuples de l'antiquité. Les pères du désert et les pieux solitaires la pratiquaient dans leurs retraites, et en tiraient la plus grande partie de leur subsistance. Voilà pourquoi saint Antoine, patriarche-des-cénobites, est le patron des vanniers.

Dans notre canton, la vannerie remonte à 1670. Elle a été introduite en l'ermitage de Saint-Pérégrin, territoire de Poinson-les-Fayl, par un illustre anachorète, frère Jean-Jacques, fils de Henri IV et de Jacqueline de Breuil. Attirés par la réputation de ce vertueux personnage, plusieurs jeunes gens se placèrent sous sa direction pour faire l'apprentissage de la vie religieuse. Il les occupait de deux manières : une partie du temps était employée à la prière, aux exercices de piété, et le reste au travail des mains. Ils fabriquaient, entre autres choses, des paniers et des corbeilles. Tous les jeudis, un frère allait vendre ces objets au marché de Fayl-Billot, d'où il rapportait à l'ermitage les provisions nécessaires pour la semaine. L'exemple fut imité, quelques habitants du voisinage essayèrent de confectionner aussi des ouvrages au moyen des brins de saule croissant spontanément aux bords des ruisseaux. Les registres de Fayl-Billot constatent l'existence de plusieurs vanniers en 1688, et ceux de Bussières mentionnent François Blanchard, vannier en 1713. Mais, pendant tout le xviiie siècle, il y eut au plus simultanément, dans cette dernière localité, quatre ou cinq hommes appliqués à la vannerie. Leurs noms étaient : Blanchard, Cocagne (né à Fayl-Billot), et Lucan (venu d'Autun). On comptait en 1815 une douzaine d'ouvriers ; en 1825 quinze à vingt. Aujourd'hui, il y en a deux cent trente. Dans cet état on fait un apprentissage ; il est difficile et long s'il s'agit de la fabrication des vans.

Espèces de vannerie.

La vannerie, en général, embrasse tous les ouvrages d'osier, quels qu'ils soient. On peut la diviser en quatre espèces, savoir : primitive, ordinaire, fine, artistique.

La vannerie primitive, c'est-à-dire la plus ancienne, se nomme aussi pleine ou en clôture, parce qu'il n'y a pas de jour entre les brins. Elle comprend les vans à blé, les hottes à vin, les vannettes d'écurie, les cabas à pâte, les corbeilles à son et à pain, les paniers à incendie, les voitures à panier, et toutes les autres formes closes, qui sont à peu près les mêmes dans tous les pays.

La vannerie ordinaire ou commune, appelée aussi mandellerie, consiste en ouvrages moins serrés ou à claire-voie. Ce sont des paniers et des corbeilles propres à tous les usages et dont les formes varient suivant les localités.

La vannerie fine se compose de corbeilles et paniers d'osier choisi, délicatement travaillés, et dont les formes très-variées changent plus ou moins tous les ans, selon les caprices de la mode. On la trouve surtout dans le département de l'Aisne.

La vannerie artistique consiste en divers objets, dignes d'être placés dans les plus grands salons, et que l'on peut appeler objets d'art, tant les formes en sont élégantes et le travail bien fini. Les ouvriers qui s'y adonnent connaissent le dessin. Ils produisent de fort belles corbeilles de fantaisie peintes, vernies, bronzées, dorées, ornées ou non de branches fleuries en pâte ou en porcelaine. Cette espèce est d'invention parisienne.

A Bussières-les-Belmont, la vannerie artistique n'est pas connue. Quelques ouvriers seraient capables d'en faire de la fine, sur commande. Le plus grand nombre s'appliquent à l'ordinaire; les autres à la primitive. Nous avons donc la vannerie proprement dite, la cabasserie, la hotterie et la mandellerie.

Matériaux.

Osier. — La principale matière pour la vannerie est l'osier noir, c'est-à-dire non écorcé, ou blanc, c'est-à-dire pelé. Ce dernier est rond ou fendu. Il faut l'assouplir par le mouillage. Quelques-uns se contentent de le plonger dans l'eau pour le retirer de suite et de recommencer la même opération au bout d'une demi-heure; d'autres l'y laissent plus ou moins, deux heures au maximum. Cela dépend de l'usage qu'on en veut faire et aussi de la température.

Chêne. — On se sert exclusivement de chêne pour les fonds de divers paniers à jour, pour les côtes et les anses de vans et de cabas. Dans le premier cas, ce bois peut avoir un certain âge, de vingt à cinquante ans. Il suffit de le scier d'une longueur convenable, de le fendre et de le régulariser; il ne demande pas à être aminci ni trempé, attendu qu'il ne doit pas être plié.

S'il s'agit d'en faire des côtes, il faut plus de précaution. L'on choisit des pieds de chêne de vingt-cinq ans, aussi droits que possible, sans nœuds; on les scie suivant la longueur que demandent les ouvrages et on les fend sur une épaisseur et une largeur qui varient d'après la destination. Si on ne peut les fendre de suite, on les met à l'eau et on les y laisse tant qu'on veut. Pour opérer la fente on fait chauffer les morceaux de bois au four ou dans l'eau bouillante, ou plus communément devant le foyer, en prenant soin de ne pas les laisser brûler. On donne des coups de serpe à une extrémité afin que la main puisse saisir le bout de la côte que l'on détache en déchirant. Le travail terminé, les côtes mises en paquets sont déposées sur le grenier où elles sèchent. Quand on veut s'en servir, on les place dans l'eau; elles y séjournent pendant une semaine, on les retire, et, après qu'elles se sont ressuyées, on les met en œuvre.

Le chêne, destiné à faire des anses, doit être bien chauffé au four, après que le pain en est tiré, puis plié sur une forme qui lui donne la courbure voulue.

AUTRES BOIS. — On emploie encore un bois blanc, saule, tremble ou peuplier, pour traverses placées sous certains paniers, palissier, le bouleau, le noisetier, le cornouiller, le viorne, le bourgène, et tout mort bois plus ou moins souple comme baguettes terminales des objets en clôture, nommées vulgairement coudres, et comme moules, anses ou sous-anses de plusieurs articles de mandellerie.

Les fabricants de vans et de cabas dépensent annuellement trois stères de chêne revenant à 70 francs, tous frais compris, et 40 à 50 bottes d'osier. Les mandelliers usent pour 38 francs de bois et 75 bottes d'osier, à peu près.

Outils

L'outillage du vannier n'est pas considérable. On se le procure à peu de frais et sans dérangement, car il est fabriqué sur place. En voici l'énumération.

Scie et chevalet à scier le bois.

Fendoir en acier à manche de bois et maillet pour frapper sur le fendoir.

Serpe à manche de fer pour faire les côtes et serpe ordinaire pour couper le bois.

Plane et chevalet ou banc à planer pour polir les côtes de vans et de cabas et les barres que l'on met sous les paniers.

Serpette destinée à apprêter les matériaux et à les fendre pour faire les enfonçures.

Sécateur servant à couper les bouts d'osier dans les fonds de paniers et à coursonner l'ouvrage à jour.

Batte en fer pour frapper le travail au fur et à mesure qu'on passe les brins les uns sur les autres.

Poinçon pour faire des trous dans l'ouvrage afin d'y introduire des brins ou des anses.

Closoir ou fer à clore les vans et les cabas.

Bécasse, instrument en fer servant à boutonner les vans

et les cabas, lorque la baguette terminale ou coudre est posée.

Tiroir, avec lequel on saisit l'extrêmité des côtes et on serre les boutons.

Fendoir à angles, en bois, pour fendre l'osier en trois ou quatre parties.

Planette pour amincir l'osier fendu et faire la clisse. On passe le petit bout de l'osier dans la planette, on tire à soi et, en recommençant plusieurs fois, on le rend aussi fin qu'on le désire.

Equarrissoir, pour donner à la clisse passée dans la planette une largeur uniforme.

Epluchoir, sorte de couteau pour émonder l'ouvrage quand il est achevé.

Position.

Le vannier ne travaille jamais au grand air ; il lui faut un lieu frais ; autrement l'osier deviendrait bientôt sec et cassant. Aussi tous nos ouvriers choisissent pour leur atelier le rez-de-chaussée. C'est une chambre dont le sol est ordinairement la terre nue ; quelquefois elle est pavée ou planchéiée.

Il y a un établi à peu près carré, d'un mètre vingt-cinq de côté, formé de planches de chêne jointoyées et assujetties par de fortes traverses. Il est de niveau et sa hauteur n'excède pas dix centimètres. Tel est le siége du vannier et de son ouvrage.

Toutefois, s'il fait certains paniers en clôture, il a devant lui une sellette inclinée sur laquelle il fixe la pièce au moyen d'un poinçon et la fait tourner à son gré pour entrelacer les brins.

L'attitude varie selon les divers ouvrages qu'on exécute. Le cabassier n'est jamais assis, mais constamment courbé ; il a le genou droit appuyé sur son établi, le genou gauche contre la poitrine, le pied gauche dans le cabas pour le maintenir et le faire tourner. Ses doigts agiles placent l'osier, dirigent les côtes, façonnent la rotondité et, après chaque mouvement, sa main droite saisit avec prestesse la batte, frappe quatre coups sur les brins, dépose l'outil et continue son action.

Le vannier proprement dit travaille de la même manière. Sa position est absolument semblable à celle du cabassier, quand il fait le fond de son van. Mais lorsqu'il arrive à la partie redressée et arrondie, il s'assied dedans sur une sellette.

Le hottier a son ouvrage devant lui ; il est assis ; mais à mesure qu'il avance, il lui faut une chaise plus élevée. Quant aux mandelliers, ils sont le plus souvent assis, presque toujours les jambes étendues. D'autres fois, ils s'agenouillent comme les cabassiers pour confectionner les fonds de paniers.

« Nous ne possédons pas de grands ateliers. Certains ouvriers se réunissent pour travailler dans une même chambre ; toutefois ils ne peuvent être nombreux, car l'osier est une matière encombrante. Les apprentis sont près de leurs patrons ; mais habituellement chacun travaille chez soi. Un ouvrier gagne cinq francs par jour ; de cette somme il faut déduire le prix des matériaux qui s'élève à 1 franc 70 centimes.

Le cabasier n'est jamais assis, mais constamment ; il a la jambe droite appuyée sur son établi, le genou serré contre la poitrine ; le pied gauche dans le cabas ; sur la moitié, et le plus mauvais. Les ouvriers laissent leur directeur les colles, l'amende. A pointe...

Produits.

Bussières fabrique la vannerie primitive et ordinaire de toutes formes et dimensions, pleine et à claire-voie, croisée et non croisée, noire, surtout blanche, quelquefois teinte, vernie ou goudronnée. Citons les principaux articles :

Berceaux d'enfants et de poupées, — bûchers, — cabas (grands, communs, manières, bâtards, grands-petits, picotins, plats, mi-plats, creux, etc.), — cages à oiseaux et à poulets, — cagerottes à fromages, — chasières à fromages (rondes, plates, longues, grandes et petites), — chauffe-chemises, — claies à fruits, — clayons, — corbeilles à lessive, à blanchisseuses, à fruits, etc., — cribles ou passoires à grains, — boîtes rondes et carrées, à lessive et à vendange, — mannes, — mannequins à livres, à bouteilles, à toute espèce de marchandises, — nasses et autres instruments de pêche, — paniers (carrés, longs, oblongs, ovales,

concaves, rustiques, etc.) à verres, à bouteilles, à beurre, à
boucherie, à salade, à fruits, à incendie, à soldats, à bu-
reau, à sucrerie, papeterie, filature, teinturerie, etc., etc.,
— urnes électorales, — vans, — vannettes, — volet-
tes, etc., etc.

Commerce.

Les produits dont nous venons de parler sont l'objet du
commerce. Quand il n'y avait ni chemins de fer, ni routes,
les marchandises n'avaient pas un écoulement facile et
avantageux. Elles étaient transportées d'abord à dos d'hommes, plus tard à dos d'ânes. On eut ensuite des chevaux et
des charrettes. Avec la vannerie on conduisait divers ouvrages en bois de hêtre fabriqués par des tourneurs : rouets,
plateaux, pelles, poches, écuelles, cuillères (à 15 sous la
douzaine). Dans les campagnes, on échangeait ces objets
contre toute sorte de denrées, on les vendait aussi sur les
foires et dans les magasins des grandes villes, surtout à
Dijon et à Lyon. De nos jours, les négociants de Fay-Billot
viennent prendre les produits chez les ouvriers et les expé-
dient par chemins de fer dans toutes les directions. Ce qui
valait deux francs il y a cinquante ans, se vend trois actuel-
lement. Les prix de certains articles, notamment des berceaux, sont même doublés.

RÉCOMPENSES OBTENUES
A L'EXPOSITION INDUSTRIELLE DE LANGRES
EN 1873.

Osiers.

BLANCHARD-LUCAN. — Médaille de bronze.

Vannerie.

COQUIBUS (Jules). — Médaille de bronze.
BLANCHARD (Adolphe). —
BLANCHARD-ANDRÉ. — Mention honorable.
FRISON-BOYET —
GÉRARD-ANDRIOT —
PERNOT-BOCQUIN —
PERNOT-MONGIN —

Sébiles.

BOYET-SIMON. — Médaille de bronze.

La commune de Bussières a pris à sa charge les frais occasionnés par l'exposition de vannerie.

TABLE

TYPOGRAPHIE ET LITHOGRAPHIE DE CHARLES CAVANIOL.